川啄木の百首

小池光

目次

石川啄木の百首 3
解説 「歌」の原郷 204

石川啄木の百首

東海の小島の磯の白砂《しらすな》に
われ泣きぬれて
蟹とたはむる

『一握の砂』の第一章「我を愛する歌」の冒頭歌で、つとに知られる。近代短歌の中でもっとも人口に膾炙した一首だろう。東海は東海地方でなくて（啄木は東京より西に行ったことがない）「東海の君子国」の東海。つまり東海の小島はイコールわが国。その海辺の砂浜で、昼間から、男が一人「泣きぬれて」蟹とたわむれている。思いっきりセンチメンタルで、啄木を嫌いな人はいかにも嫌う。有名な割にこの歌を推す歌人は少ない。

一種の諧謔味、自虐味が感じられる。「蟹」の出現が唐突で、ここがおもしろいといえばおもしろい。

『一握の砂』

いたく錆びしピストル出《い》でぬ
砂山の
砂を指もて掘りてありしに

いくらなんでも砂浜にピストルが埋まっているとは考えられないから、これは歴然たるフィクションである。フィクションという言葉が文学的にすぎるなら、歴然たる嘘である。しかし、この場合は、掘っても掘っても砂しか出ない砂浜に、ロマンチシズムの象徴である錆びたピストルが出てきて欲しいのであった。

石原裕次郎のヒット曲「錆びたナイフ」は、明らかに啄木のこの一首を下に敷く。「砂山の砂を、指で掘ってたら、まっかに錆びたジャックナイフが出て来たよ」。啄木の短歌はしばしば歌謡曲に流用される。

『一握の砂』

ひと夜《よ》さに嵐来りて築きたる
この砂山は
何《なに》の墓ぞも

啄木は、海辺の砂山の歌を十首、これまでの歌から集め、また新しく書き足して『一握の砂』の冒頭に据えた。この歌もその中にあり、初出は明治四十二年五月号の「スバル」。ひじょうに砂山の存在感のある歌で、センチメンタルな要素がない。夜来の嵐が去って、海辺の様相が一変している。あちらこちらに、なかったはずの小さな砂山ができている。それを見て何の墓かと思うのである。三行目の結句が意外な展開で、はっとさせられる。

やはり函館の大森海岸での散策の折の印象が、元になっているだろう。

『一握の砂』

いのちなき砂のかなしさよ
さらさらと
握れば指のあひだより落つ

『一握の砂』というタイトルの原型になった歌。てのひらを漏斗状にして砂を入れ、砂時計のように、落ちるにまかせる。握っても握っても落ちてしまう砂のかなしさ。物質としての存在感がこの歌にも出ていて、啄木の腕のたしかさを思わせる。いのちなきと言いながらこの落下する砂には明らかに人間臭い表情があり、さまざまな感情移入を読者にいざなう。まるでわたしの人生のような手がかりのなさ、宿命、運命。「さらさらと」などというありふれたオノマトペがよく効いていて、誰にでも思い出される過去と重なり、愛唱性高い。

『一握の砂』

たはむれに母を背負ひて
そのあまり軽《かろ》きに泣きて
三歩あゆまず

これも有名な歌。評判のよろしからざる点でも有名である。妹の光子は、この歌を見て、こんなことは嘘だと呟いたと伝えられるが、まさしくそういうものであろう。絵に描いた親孝行の場面のように思われるが、「たはむれに」親を背負うなどという行為が、はたして親孝行なものかどうか、立ち止まって考えてみる必要がある。親は子供のオモチャではない。

啄木は身長１５８センチ、体重45キロの小柄で、兵隊検査は丙種不合格であった。やすやすと母を背負う体力に欠ける。すべては夢であり、願望なのである。

『一握の砂』

こころよく
我にはたらく仕事あれ
それを仕《し》遂《と》げて死なむと思ふ

まったく平明な歌で、一読誰にでも了解でき、また同感同意を誘う歌であろう。人はなにより生活のためさまざまな仕事をし、労働をするが、そこに生のよろこびを見いだす人は少ない。仕事は多くの場合、苦である。その苦を耐えるのが人生というものに違いない。啄木は、生活のため、家族を支えるため、さまざまな仕事をした。そして次々に辞めた。札幌の新聞社に職を得たときなどは、わずか二週間で退職してしまった。我が意に適う仕事が欲しいという願いは万人にとって、永遠に切実である。その願いをごく正直に歌っている。

『一握の砂』

怒《いか》る時
かならずひとつ鉢を割り
九百九十九割りて死なまし

憤りを覚えたとき、身近な瀬戸物の鉢を一個投げつけて割って、発散する。そして九百九十九個割って死にたいという歌である。この歌は九百九十九という数字がおもしろくて、ここでいわゆる「歌になる」。九百九十九個でなく、区切りのいい千個ならおもしろくもなんともない。それでは歌にならない。

センチメンタルな気分に満ちた『一握の砂』で、見逃されがちなのはこういう一種の諧謔味である。かすかな苦いユーモアがある。鉢の破片だらけになった空間の真ん中に、呆然と突っ立つ啄木。おもしろいではないか。

『一握の砂』

何《なに》となく汽車に乗りたく思ひしのみ
汽車を下りしに
ゆくところなし

家庭であれ職場であれ、または文学仲間といる場所であれ、つねにここはじぶんの居場所ではないと感じていた啄木にとって、汽車は唯一居心地のいい時間と空間だったような気がする。移動の間だけ、つかのまのかりそめの安心を得られるという心情は悲しく、また誰にもおぼえがあるという意味で普遍的である。格別の目的地もなく、汽車に乗りたいだけで汽車に乗り、下りたらゆくところとてなかった。人生の絶望が目の前に立ち塞がるさまをこの上なく無防備に、ごく簡単なことばだけ用いて投げ出すように率直、正直に歌っている。

『一握の砂』

空家《あきや》に入《い》り
煙草のみたることありき
あはれただ一人居たきばかりに

いまは町角の喫煙所で人々が群がり、めいめい煙を吐き出しているのであるが、たいていは一人で、ものを言う人もいない。煙草は人を孤独にし、またつかのまの孤独を誘うのである。わたしもその一人なのだけれど、そういう場所にあって一本の煙草を吸っているとき、きまって啄木のこの歌が思い出される。浪費家の啄木は金もないくせにいつも高級煙草の「敷島」を吸っていた。

ひとりになりたいばかりに空き家に入る。歴然たる家宅侵入である。そこでなにをするか。一本の煙草に火をつける。いかにも「あはれ」だ。

『一握の砂』

手が白く
且《か》つ大《だい》なりき
非凡なる人といはるる男に会ひしに

発想の盲点をつく。非凡なる男といわれる人物に会ってみたところ、手が白くて、大きかったというのである。こういうとき風貌や態度、言葉の語り口など全体に向けての印象を一般には語る。誰も手になど着目しない。啄木のまなざしのするどさが思われる。言われてみればそんな気がしてくるからふしぎだ。汚れや苦労のあとのない白い手、しかもふっくらと大仏様の手のように大きな手。非凡さのゆえんがここにあると思った。啄木は思わずわが手を見たであろう。その手は薄汚れていて白くなかった。そして小男の啄木の手はいかにも小さかった。

『一握の砂』

非凡なる人のごとくにふるまへる
後《のち》のさびしさは
何にかたぐへむ

これも誰でもうなずくところであろう。そういう経験がないとしたら健全に、ふつうの人生を送っている人だ。啄木は幼いころは神童と呼ばれ、頭脳、感性、傑出して早熟でまだ十代で詩集を出して新進詩人として注目もされた。際立って自負心たかく、まわりの誰彼がばかのように思えていた。それが現実に直面して百八十度反転して、『一握の砂』の歌境に至る。自分は非凡なところなどどこにもなく、ただ非凡であるかのように振る舞っていただけである、ということに気づく。「東京朝日新聞」に初出のときの下句は「昨日の我を笑ふ悲しみ」。

『一握の砂』

こころよき疲れなるかな
息もつかず
仕事をしたる後《のち》のこの疲れ

『一握の砂』は最初は『仕事の後』というタイトルで構想され、原稿がつくられた。その後で追加の歌が続々できて、三行書きになり、われわれの知る『一握の砂』となった。『仕事の後』という題は、この歌から採られたものであろう。啄木にはめずらしく、健康で、肯定的感情が素直に通ったあかるい歌である。一気に仕事に没頭して、すらすらと手は進み、気が付いたら今日のノルマが終わっている。まことにこころよい疲れに浸る。このようにして一瞬一瞬を、一日一日を生活していければいいのだが。「息もつかず」に精彩がある。

『一握の砂』

打明《うちあ》けて語りて
何か損をせしごとく思ひて
友とわかれぬ

心の中に秘めておいたある大事なこと。それを思い切ってある日友人に打ち明けた。さだめし強い反響があるとおもって。ところがなにもはかばかしい反応がなかった。自分にとってごく大切なことでも、他者にとっては格別のことでないのだ。それで拍子抜けする。あるいはがっかりもする。こういうことなら打ち明けるのでなかった、ああ損したという気分。誰にでもひとつやふたつ同じような経験があるところである。二行目の「何か損をせし」が散文的というかリアルというか、ごく正直な感想で、人間心理の機微をよく伝える。

『一握の砂』

はたらけど
はたらけど猶《なほ》わが生活《くらし》楽にならざり
ぢつと手を見る

啄木にはすぐれたフレーズ・メーカーのようなところがある。一首の歌のなかに、一度聞いたらわすれられないフレーズが潜む。ほかの歌人には見られない特色である。現代に啄木が生きていたら人気随一の優秀なコピー・ライターにもなっていただろう。

「ぢつと手を見る」というフレーズはその典型的文案例で極めて普遍性がある。こういうとき人はどうするか、じっとわが手を見るよりないのだという発見と指摘は、百年を経てまざまざと今日に生動している。「手」に結晶した自愛とその失望感。近代短歌を代表する一首だ。

『一握の砂』

うぬ惚《ぼ》るる友に
合槌《あひづち》うちてゐぬ
施与《ほどこし》をするごとき心に

啄木にはたくさんの文学青年の友人がいた。後にはみな去ってしまうけれども。文学をやる青年なんてみなどこかでうぬぼれのカタマリであれば、こういうこともある。相手の顔を立てて合槌をうちながら、心の中ではほどこしだと思っているのである。

でもそれは歌の外見で、本当は反転された自画像なのだろう。啄木ほどうぬぼれが強かった人間が外にいるわけでない。うぬ惚れているのは友でなく、啄木自身であり、ほどこしの心をもってそれを受け入れてくれたのは友人たちである。やがて啄木はそのことに気づく。

『一握の砂』

友がみなわれよりえらく見ゆる日よ
花を買ひ来て
妻としたしむ

自分が友人たちの中でだれよりもえらいと、うぬぼれやまなかった啄木だが、あるときふっと弱きの虫に捕らわれた。ひょっとすると一切は思い上がりで、本当は誰も彼もみんな自分より立派な人間じゃないか、と。そういうとき、普段は念頭になかった妻のことがふとなつかしく、切実に思われてくる。花でも買って行って喜ばせてやろう。花を花瓶に差して、ふたりでしみじみした気持ちになろう。家庭らしい家庭の夢をみよう。
　しかし、本当に啄木は花を買ったのであろうか。違うだろう。そういう切ない願望を歌っている。

『一握の砂』

人みなが家を持つてふかなしみよ
墓に入るごとく
かへりて眠る

啄木の生涯をかえりみるに、つくづく「家」のくびきに縛られた生涯であったと思う。父、母、妻、子供、そして自分と、小さな借家に角突き合わせ、生活は苦しく、家内は不和、次々に病人が出、目も当てられないさまである。いいところなどどこにもなかった「家」であった。
そのくびきから脱出したくても、どこにも脱出するすべがない。毎日毎日外で働いて、疲労困憊し、帰宅してそそくさと貧しい食事をとり、あとは「墓に入る」ように薄っぺらな布団にもぐりこむばかり。このワーキング・プアの現実はまっすぐ今日の社会に通ずる。

『一握の砂』

何かひとつ不思議を示し
人みなのおどろくひまに
消えむと思ふ

不思議の内容は語られていない。啄木にもわからなかったろう。何でもいい、人がおどろくような不思議を示して、みんながびっくりしているうちにこの世から消えてしまおうという。切ない願望であるが、発想のなかにおもしろみがあって、どこかしら一種のユウモアを感じさせる。この歌は、いきなり核心に入る一行目がいい。手品師かなにかのようである。「不思議を示」す、という日本語がめずらしくて、かつよく言い切っている。啄木の歌はつねに歯切れよい。三行書きを実質的に発明した『一握の砂』も、また不思議の一つであったともいえる。

『一握の砂』

病《やまひ》のごと
思《し》郷《きやう》のこころ湧く日なり
目にあをぞらの煙かなしも

019

『一握の砂』は「我を愛する歌」「煙」「秋風のこころよさに」「忘れがたき人人」「手套を脱ぐ時」の五章から成る。第二章の「煙」は「一」と「二」に分けられ、前者は盛岡の中学時代の、後者は渋民村の回想である。

この歌は「煙」の劈頭《へきとう》の歌で、全体のモチーフを序歌的に伝える。季節はどうしたって秋だろう。秋晴れの真っ青な空にひとすじの煙がどこかの煙突から上ってゆく。それを見ていたら切々と望郷の念が湧いた。一行目に置いた「病のごと」がはげしい。ただの望郷でない、切迫した感情がまざまざと伝わってくる。

『一握の砂』

40—41

不来方《こずかた》のお城のあとの草に臥《ね》て
空に吸はれし
十五のこころ

盛岡は城下町で、中心部に不来方城の城址がある。盛岡中学校はそのそばにあった。数え十五歳の啄木は、盛岡中学校の三年生。友人とはじめての回覧雑誌「丁二雑誌」を出したりして、文学に目覚めつつある。学校の授業をさぼって、ひとり歌のような甘美な青春の夢に浸ったりしたものだ、と回想している。

「不来方」の地名がよく効いている。ふたたび来ることのない方。お城が別の名前だったなら啄木はこうは詠まなかったろう。もう二度と来ない、早熟な青春だったから十五歳のこころは空に吸われるのであった。

『一握の砂』

今は亡き姉の恋人のおとうとと
なかよくせしも
悲しと思ふ

啄木には歳の離れた姉が二人いた。この姉は長姉さだで、明治三十九年に三十一歳で早逝した。その姉の恋人の弟が同級生で、仲がよかった。それだけの歌意だが、「悲しと思ふ」に奥行きがあって、交友の微妙な感情をよく伝える。ただの友達とはちょっと違った、独特の親密感があったであろう。「なかよくせし」と全部ひらがなで書いて、口調はまことに口語調、そこから一転して「悲し」と展開してはっとさせる。啄木の歌は、この場合のように、結句すなわち三行目で、いわゆる「歌になる」歌が多い。展開が、あざやかだ。

『一握の砂』

先《さき》んじて恋のあまさと
かなしさを知りし我なり
先《さき》んじて老ゆ

一読甘ったるく、自己陶酔気味で辟易するが、啄木の生涯を子細に眺めれば事実がこうなので、あながち悪口ばかりも言えない。啄木がのちに妻となる堀合節子と知り合うのは、盛岡中学校二年生、十三歳のときである。その後、二人の恋愛は深まり、十九歳で結婚する。出会いから結婚までの六年に二人は普通の恋人たちが遭遇する喜びも破綻もくまなく味わったに相違ない。啄木を特徴づけるものは、ひとつにそのあまりの早熟性である。人の十倍、二十倍の速度で二十六年の生涯を駆け抜けた。「先んじて老ゆ」は単なる文学的修辞ではない。

『一握の砂』

ふるさとの訛《なまり》なつかし
停車場《ていしやば》の人ごみの中に
そを聴きにゆく

「煙」その「二」の冒頭の歌。停車場はむろん上野駅で、現在上野駅の東北本線ここに尽きるところの構内に、円形金属盤に活字書体で彫られたこの歌の歌碑が置かれている。だれも立ち止まり見る人はいないけれども。

啄木のような回転のきわめて速い、敏捷な頭脳を持った人間は、都市生活に順応するのも早く、言葉もたちまち標準語を話して、ふるさとの訛などとっくになくなっていたに違いない。この歌には、ふるさとの訛を話す人々と啄木との距離が歌われている。みずからが喪ったものであるからこそなつかしいのである。

『一握の砂』

飴売《あめうり》のチャルメラ聴けば
うしなひし
をさなき心ひろへるごとし

明治四十一年十一月三日の「岩手日報」に発表したもの。当時の啄木は北海道から海路上京して、売れない小説を書いて悶々としていた。郷土の新聞社から歌の注文があって寄稿したものだろう。東京の町をチャルメラを吹いて飴売りがながしてゆく。ふるさとで聴いたあの音と同じである。すでに失ってしまった子供時代のこころをあたかも拾ってくれるようだ、という歌。「ひろへるごとし」というところが郷愁の実感があっていい。飴売りのチャルメラの音をわれわれは知らないが、哀感ある独特の音色と旋律だったとおもわれる。

『一握の砂』

かにかくに渋民《しぶたみ》村は恋しかり
おもひでの山
おもひでの川

「かにかくに」はとにもかくにもの意。とにもかくにも渋民村は恋しい、思い出の山よ、思い出の川よ、というのでこれ以上ない故郷賛歌にさすがの渋民村も恐縮するような感じがする。望郷の念が額縁に嵌まっているようで、概念的なのである。「渋民村」の固有名詞を除いたら文部省唱歌「故郷」の歌詞に直結しよう。

　とはいうものの一度読んだらすぐにも暗唱してしまうような歌の魔術性を、ふんだんに発散してよこすのもこういう歌であろう。啄木以外の歌人の望郷は、こういう野放図な直截《ちょくせつ》性がないのである。もっと屈折している。

『一握の砂』

やはらかに柳あをめる
北上の岸辺目に見ゆ
泣けとごとくに

代表的な望郷歌で自然がうつくしい。啄木の歌にはいろいろの人物が出てきて、そこになつかしい味わいがあるのだが、純粋な自然詠はあまり数はない。この歌はそういう中ではやや例外的にふるさとの自然だけで歌が終始している。やはらかに、柳と「や」を重ね、次に北上の、岸辺と「き」を重ねる。韻を踏んで流れがとてもいい。そうしておいて「泣けとごとくに」と強引に着地する。泣けと（いうかの）ごとくに、というところを省略して、「泣けと」と「ごとくに」を直結する語法をほかに知らない。『一握の砂』で初出の歌の一首。

『一握の砂』

大形《おほがた》の被布《ひふ》の模様の赤き花
今も目に見ゆ
六歳《むつ》の日の恋

啄木の生涯を特徴づけるもののひとつは、その早熟性である。文学に出会うのが早熟だっただけでない。まだ中学生だった十三歳でのちに妻となる堀合節子と知り合う。十九歳で結婚し、二十歳ではもう父親である。

この歌は「六歳の日の恋」におどろかされるし、いかにも啄木らしい。わずか六歳にして異性を意識し、恋心さえ抱いてしまう。おそらく同年代の女の子であろうか。大きな赤い花模様の被布を着たきれいな女の子。今も目の前に見えるようである。彼女はそれからどうしたのだろうか、という一首。「赤」があざやかだ。

『一握の砂』

宗次郎《そうじろ》に
おかねが泣きて口説《くど》き居り
大根の花白きゆふぐれ

啄木研究家の岩城之徳氏の調査によれば、この歌のモデルは渋民村の農業沼田惣次郎夫婦ということだが、それはともかく、人物名がふたつも出てきて、ドラマの一場面のようである。酒飲みの夫に、妻がくどくど泣きながら生活の窮状を訴えるという場面。啄木の住むところから、かなしい夫婦喧嘩の声が聞こえたのであろう。

この歌は上句で具体的な上にも具体的に現実を描写しながら、下句で一転して大根の花に転ずるところが巧い。貧窮の現状が、このかそかな花を配することで、さらにも鮮明になった。かなしい初夏の夕暮れである。

『一握の砂』

霧ふかき好摩《かうま》の原《はら》の
停車場の
朝の虫こそすずろなりけれ

当時の東北本線には渋民駅はまだない。汽車に乗るには先の好摩の駅まで行かねばならぬ。東京に行くにも、帰郷するにも、啄木は好摩の駅で乗り降りした。

この歌は上京するときのことだろうか、それとも帰郷したときか。後者のような気がする。夜行列車で帰ってきて夜明けたばかりの好摩の原に降り立つ。いちめん霧がふかい。朝の虫がかそけく鳴いている。ああ、ふるさとに帰って来たなあ、という場面であろう。「こそ」「けれ」と古風な係り結びを用いて、ごく自然にサマになっているところも啄木歌の中ではめずらしい。

『一握の砂』

汽車の窓
はるかに北にふるさとの山見え来れば
襟を正すも

「襟を正す」のは一般には人事的場面で用いるのであるが、この歌ではふるさとの山、自然的対象に向けられているのが啄木の望郷歌ならではであろう。岩手山か姫神の山か、車窓にその見慣れた山容が見えてきた。長距離列車の堅い木椅子に座り直して、思わず実際に襟元を正したのではないかと思われる。ふるさとの自然が神聖なのである。行を改めて「襟を正すも」と口を衝く間合いがいい。ふるさとの自然が神聖なので、なつかしさと共に一種の緊張感が伝わってくる。

年譜を調べると啄木は生涯に三度上京し、三度帰郷した。三度目の帰郷は、骨となって帰った。

『一握の砂』

雨後《うご》の月
ほどよく濡れし屋根瓦の
そのところどころ光るかなしさ

『一握の砂』の第三章「秋風のこころよさに」は主に明治四十一年の作である。『一握の砂』は明治四十一年から四十三年までの三年間の作品集で、明治四十一年がもっとも古い。まだ「明星」が刊行中で（この年の十一月号をもって百号となり終刊する）、その十月号に載せた歌がこの章の中核となっている。秋風は明治四十一年、啄木二十二歳の秋風である。

夜の雨があがって月が出ている。家々の屋根瓦がほどよく濡れて月の光を受けて光っている。「屋根瓦の」と三句で字余りになるところが啄木歌としては珍しい。

『一握の砂』

汪然《わうぜん》として
ああ酒のかなしみぞ我に来《きた》れる
立ちて舞ひなむ

「汪然と」は辞書を引くと、広くて深いさま、水が盛んに流れるさま、涙がとめどなく流れるさま、などと出ている。いったいに『一握の砂』を読んで辞書を引かねばならない語句など、まずない。汪然と、などはめずらしい。「明星」調のなごりである。

この歌の汪然は、涙をながしているの意であろう。酒を飲んでいたらとめどない悲しみがやって来て、涙がこぼれてきた。そういうときどうするか、立っていにしえの武将のように舞うのである、という歌。立って舞う、というところが力強くていい。酒が、堂々と映る。

『一握の砂』

父のごと秋はいかめし
母のごと秋はなつかし
家持たぬ児《こ》に

これも初出は「明星」十月号。リフレインというか対句的表現は『一握の砂』の文体の特徴のひとつで、いくつもある。「「さばかりの事に死ぬるや」／「さばかりの事に生くるや」／　止せ止せ問答」「かにかくに渋民村は恋しかり／おもひでの山／おもひでの川」など。この歌もそのひとつ。秋のおとずれの情感を、いかめしい、なつかしい、と言い、そこに若き日の父、母の思い出を重ねている。むろんこの孤児のすがたにも、啄木自身が重ねられていると読むのは容易であろう。啄木が別に孤児であったわけではないのだが。

秋の雨に逆反《さかぞ》りやすき弓のごと
このごろ
君のしたしまぬかな

比喩がおもしろい。弓が逆反るということをよく知らないが、秋雨で湿った竹がこういうふうに反り返ることがあるのであろう、か。啄木の三行書きはほとんどが句ごとに改行して行くが、この歌の二行目、三行目のように句のなかばで改行する場合もある。あくまで意味の上から、読みやすいように改行する。歌の下句としては「このごろ君の／したしまぬかな」である。

君は誰だかわからない。まだ家族は上京してないから妻ではない。やはり女性であろう。秀抜な比喩が目立つ歌で「君」の影は存外うすい。

『一握の砂』

潮かをる北の浜辺の
砂山のかの浜薔薇《はまなす》よ
今年も咲けるや

明治四十年五月四日、啄木は妹光子を伴って北海道に渡った。父は宝徳寺住職の再任運動に失敗して野辺地に、母は渋民の知人の家に間借りし、妻と生まれたばかりの長女京子は盛岡の実家に、それぞれちりぢりとなり一家は後に東京で一緒になるまで、ここに離散した。

啄木の北海道滞在は一年にも満たず、その生活ぶりはまさに疾風怒濤で、まことに目まぐるしいが、啄木の歌ごころに強い印象を残し、『一握の砂』の第四章「忘れがたき人人」の歌に結実している。右はその冒頭の歌で、全体の序歌のおもむきがある。函館の大森浜の光景か。

『一握の砂』

函館の床屋の弟子を
おもひ出でぬ
耳剃らせるがこころよかりし

啄木の歌には多くのゆきずりの無名者が登場して、読者につよい印象を残すが、この歌もそのひとつ。床屋でなく床屋の弟子というところがいい。まだ一人前にならない、十代の少年であろう。おずおずと教えられた通りに丁寧、こわごわとお客の耳を剃る。剃刀の音がかりかりと響いて気持ちがいい。あの少年はいまはどうしているだろうか、とふと思い出している。

懐かしいという感情が人のこころに訴えるのは、このように思い出にディテールがあるからである。啄木の歌が愛唱されるのはそのディテール性によるところ大きい。

『一握の砂』

船に酔《ゑ》ひてやさしくなれる
いもうとの眼見ゆ
津軽の海を思へば

五月五日、青森港から陸奥丸で北海道にはじめて渡る。海は荒れていた。「海峡に進み入れば、波立ち騒ぎて船客多く酔ひつ。光子もいたく青ざめて幾度となく嘔吐を催しぬ」と日記に記す。この歌は兄妹の血のつながりというか、嘘いつわりのない兄妹の情愛を感じさせる。妹光子は二歳下、まだ十九歳である。見も知らぬ北海道の暮らしはどうなるのであろう。不安と緊張でいっぱいになっている。その張り詰めた意識が船酔いすることで一挙に「やさしくな」ったのであった。津軽の海を思うとき、妹のあの無防備なまなざしが切々と思い出される。

『一握の砂』

函館の青柳町《あをやぎちやう》こそかなしけれ
友の恋歌
矢ぐるまの花

函館では現地の文学グループ苜蓿《ぼくしゅく》社の仲間たちに迎えられた。二ケ月ばかり遅れて妻節子と生後七ケ月の京子がやってきて、青柳町の借家に住んだ。まず商工会議所の臨時雇いになり、すぐに辞め、函館区立弥生小学校の代用教員となるがここも三ケ月ばかり勤めただけで辞めて、札幌に単身出ていって新聞記者になってしまう。

この歌はことにも愛唱性に富む。青春が息づくようである。青柳町にはわが家があり、また友人たちも住んでいた。おりから矢車草が咲くころである。青い矢車草の花のイメージが「青柳町」の「青」と響き合う。

『一握の砂』

巻煙草《まきたばこ》口にくはへて
浪あらき
磯の夜霧に立ちし女よ

函館の海岸での一光景であろう。啄木が海を見に行ったらやはり海を見ている女がいた。巻煙草を吸っていた。当時堅気の生活を営む女性が巻煙草を吸うとは、まして海を見ながら吸うとは思われないから、やはり芸者か玄人の女性である。まるでドラマか映画の一場面で、こういう荒涼とした情感をやすやすと歌のかたちに乗せるのは啄木の独壇場である。歌謡曲にしきりに出てくる場面、情感とそっくりで、短歌というより「歌謡」といった方がいい。「巻煙草」「浪あらき」「磯の夜霧」と名詞を並べただけで、その旋律が聞こえてきそうである。

『一握の砂』

真夜中の
倶知安《くちあん》駅に下りゆきし
女の鬢《びん》の古き疵《きず》あと

倶知安は函館から札幌に向かう函館本線の駅。羊蹄山のふもとにある。夜も更けるころ、そこに女が一人、下りていった。鬢のところに古い痍あとがあった。まったくのゆきずりの無名者のスケッチであるが、ドラマ性に富んで、いかにも啄木の歌である。

啄木はたくさん鉄道の歌を残しており、それだけ移動激しく活動したということだが、今日でいえば一種の鉄道マニアのようにもみえる。倶知安という北海道ならではの地名のおもしろさへの興味もあろう。この女はそれからどうしたかということをつよく喚起する歌である。

『一握の砂』

石狩の美国《びくに》といへる停車場の
柵に乾《ほ》してありし
赤き布片《きれ》かな

美国という駅は当時も今日も北海道にはないので、啄木の記憶違いである。美唄か美瑛の間違いだろう。

そこに停車したときに柵に赤い布切れが乾してあった。布切れの正体はわからない。ただそれはいかにも赤かったというので、無内容といえば無内容だが、妙に記憶に残る歌である。誰の目にも赤は目立つが、啄木はことさらにもそうだったようである。「わかれをれば妹いとしも／赤き緒の／下駄など欲しとわめく子なりし」「たひらなる海につかれて／そむけたる／目をかきみだす赤き帯かな」などという赤がテーマの歌が点々とある。

『一握の砂』

かなしきは小樽の町よ
歌ふことなき人人《ひとびと》の
声の荒さよ

札幌の新聞記者生活はわずか二週間足らずで終わり、今度は小樽へ行って小樽日報の記者になる。当時の小樽は札幌より人口が多く、道内一位の都市であった。そこで記者生活を三ケ月ほど続ける。そのときの印象である。港町なので人々の気性が荒い。まるで歌うことがないかのように荒々しい声をしているというので、あんまり小樽の町をほめていない。しかし、読みようによってはその荒々しさに生きるエネルギーを見いだし、生活力の逞しさにかすかなあこがれを抱いているようにもとれる。いかにも新開地北海道が彷彿とする。

『一握の砂』

樺太《からふと》に入《い》りて
新しき宗教を創《はじ》めむといふ
友なりしかな

流浪する人々は北海道に渡り、さらにそこから北の樺太にまで行った人々もいた。そこで新しい宗教をはじめて一旗揚げようとする。実業でなく宗教であるところがユニークだ。啄木よりもさらにも夢想するタイプの友人であったろう。ただ文学と宗教の違いがあるばかりである。

この友は佐藤大硯という人物らしい。「午后、出かけようと思つてゐる所へ、大硯君が来て、三時半頃まで居た。樺太に行つて宗教をはじめようと大に気焔を吐く」と明治四十一年一月十一日の日記にある。行動的開拓者の中にはこういう人物もいた。

『一握の砂』

子を負《お》ひて
雪の吹き入る停車場に
われ見送りし妻の眉かな

『一握の砂』には「かな」で終わる歌が多い。数えてみたら八十八首もある。五百五十一首の中の八十八首だから16％にもなる。その多くはAにおけるB、プラス「かな」という構造をとる。Aは場面であり、Bはそれに対するいわば「景物」である。場面を設定し、景物をそこに添え「かな」でまとめてしまう。こんなに「かな」止めを多用した近代歌人は外にない。

この一首もその構造をしている。雪の吹き入る停車場という場面に妻の眉という景物を添える。そして軽い詠嘆の「かな」。釧路に立つ啄木を小樽の停車場で見送る。

『一握の砂』

みぞれ降る
石狩の野の汽車に読みし
ツルゲエネフの物語かな

これも「かな」止めの一例。みぞれ降る石狩の野を行く汽車で、ツルゲエネフを読んだ。それだけの内容を先行させて「かな」を付す。「かな」にあえて口語訳を求めれば「そんなこともあったなあ」くらいのところか。

このツルゲエネフの本の訳者はむろん二葉亭四迷だろう。啄木は後に東京朝日新聞に入社して二葉亭四迷全集の校正にあたるが、この旅のころは将来そんな運命が待っているとはつゆも知らない。ごく単純な歌意ながら北方をさすらう旅情味が新鮮に伝わる。さすらう人の鞄の中には必ずや一冊の本が入っているものである。

『一握の砂』

空《そら》知《ち》川《がは》雪に埋《うも》れて
鳥も見えず
岸辺の林に人ひとりゐき

空知川は石狩川の大きな支流である。富良野あたりでしばらく根室本線に添う。啄木が小樽の新聞社を三ケ月ばかりで辞め、今度は釧路新聞の記者として釧路に単身赴任したのは明治四十一年一月のこと。その折の車窓の一光景を歌ったもの。
　厳冬期で空知川はすっぽり雪に埋もれて、どこに流れがあるのかも定かでない。ふと見れば鳥も飛ばない、雪一色の林の中に男が一人立っていた、という場面。なにをしに彼はそこに居るか知らないが、ゆきずりの一瞬につよく啄木の印象に残った。寂寥感まぎれない歌である。

『一握の砂』

うたふごと駅の名呼びし
柔和なる
若き駅夫《えきふ》の眼をも忘れず

汽車が発車するときホームの駅員が独特の節をつけて、次の駅の名を告げたものである。その声が歌うようであった。ふと見れば若い、まだ少年のような駅員だった。澄んだ、いい眼をしていた、という歌である。

啄木の「忘れがたき人人」にはこういう一瞬のゆきずりの人が多数含まれる。特別親密な交流があったのでもなんでもない。ただ通りすがりの無名の、何の関係もない人々。その一瞬の横顔がふかく刻まれて、歌になっているのである。啄木が、啄木自身をその若い駅員に投影している。なつかしさのゆえんである。

『一握の砂』

さいはての駅に下り立ち
雪あかり
さびしき町にあゆみ入りにき

釧路新聞の社員の職を得て、明治四十一年の一月二十一日、単身釧路の駅に下り立ったときの思い出を歌ったもの。啄木二十二歳の厳冬の時期である。釧路に着いたときは夜になっていたのだろう。さいはての駅に下り立って、雪あかりのするそのさびしい町に一歩踏み出した。この歌は二行目の「雪あかり」が見事な転調で、たった一語でよく町の光景を描き出している。こういうサワリの台詞が啄木は実に巧いので、愛唱性の高さのゆえんである。その一行を挟んで「さいはての駅」「さびしき町」が同じ「さ」音を行頭にしてひびき合う。

『一握の砂』

出しぬけの女の笑ひ
身に沁みき
厨《くりや》に酒の凍る真夜中

せっかく釧路新聞の社員となっても、四月には文学への衝動押さえ切れず海路上京するから、釧路での生活はここでも三ケ月に満たない。新聞の原稿書きに力を注ぐなか、北国の新開地の紅灯の巷を遊び歩いたりした。よく知られる芸者小奴との交遊なども釧路での出来事である。

そういう場所で、だしぬけに酒場の女が笑う。格別おもしろいことがあったわけでなく、笑うよりほかにないから笑ったのであろう。荒涼とした情感が身に沁みる。台所の酒が凍るような寒い夜であった。地の果ての場末の歓楽街の光景が眼に浮かぶようである。

『一握の砂』

小奴《こやつこ》といひし女の
やはらかき
耳朶《みみたぼ》なども忘れがたかり

その耳たぶを噛んだのであろう。ふっくらと、やわらかい耳たぶであった。性愛の一場面を意表を衝いたディテールで印象ぶかく切り取っている。こういうことが記憶に残るのである。

小奴は本名渡辺じんといって啄木より四つ年下、釧路花界の花形で人気があった。後に結婚して子供も生み、晩年は東京都下の老人ホームに暮らした。亡くなったのは昭和四十年で、七十六歳まで生きた。晩年には短歌を作ることもあった。「ながらへて亡き啄木を語るとき我の若きも共になつかし」などと歌っている。

『一握の砂』

山の子の
山を思ふがごとくにも
かなしき時は君を思へり

「忘れがたき人人」の最後は二十二首の切々たる純情相聞歌である。『一握の砂』は編年体で編まれていない。この「君」は小奴とは別人、函館の弥生小学校時代の同僚橘智恵子が「君」のその人。啄木は三ケ月もいれば恋愛の対象をそこにもう見いだしてしまうのである。

「おととい来た時は何とも思わなかった智恵子さんの葉書を見ていると、なぜかたまらないほど恋しくなってきた。人の妻にならぬ前に、たった一度でいいから会いたい！」（ローマ字日記、明治四十二年四月九日）。こういう歌を作って、ひととき人生の苦を忘れるのである。

『一握の砂』

忘れをれば
ひよつとした事が思ひ出の種《たね》にまたなる
忘れかねつも

続く歌。忘れていれば、ひょっとしたことが思い出の種になって、結局忘れられない。というので散文的な記述を結句で強引に歌のかたちにしつらえているが、人間心理の微妙なところを衝いて読む者を遮二無二頷かせてしまうところがある。「忘れをれば」で始まって「忘れかねつも」で終わり、論理矛盾なようなものであるが、考えてみれば人のこころとはまたそうしたものであろう。函館を去ったあとも啄木と橘智恵子の間には手紙のやりとりがあった。「長き文／三年のうちに三度来ぬ／我の書きしは四度にかあらむ」

『一握の砂』

手套《てぶくろ》を脱《ぬ》ぐ手ふと休《や》む
何《なに》やらむ
こころかすめし思ひ出のあり

「煙」の章で渋民村の思い出を歌い、「秋風のこころよさに」の間奏曲をはさんで「忘れがたき人人」で北海道時代を歌った啄木は、第五章「手套を脱ぐ時」で現在の東京生活をふたたび歌う。この章の歌はほとんどが明治四十三年作で、啄木は東京朝日新聞の校正係、月給二十五円であった。前年に家族を呼び寄せ、本郷弓町の借家の二階に父、母、妻、子と住む。

その「手套を脱ぐ時」の冒頭歌。手ぶくろを脱ぎかけてふっとあれこれのことが脳裏をかすめた。まことに些事だがリアリティがある。下句への展開がこころよい。

『一握の砂』

つくづくと手をながめつつ
おもひ出でぬ
キスが上手《じやうず》の女なりしが

「ぢつと手をみる」をはじめとして、啄木の歌には「手」がよく出てくる。手を見ることの多かった人であった。わが手を見るともなく見ながら、ふっと別れた女を思い出す。この展開は唐突といえば唐突で、連想の飛躍が著しいが、言い換えるとそこには一種の速度感があり、現代的で、啄木の歌のあたらしさがまたあるだろう。

キスという行為にもまた上手、下手がある。たしかにそうであろうが、こんなことをふつうは歌にしない。啄木の回想にはいつも生々しいディテールがある。この女性はやはり小奴なのだろう。誰でもいいのだが。

『一握の砂』

新しきサラドの皿の
酢《す》のかをり
こころに沁みてかなしき夕《ゆふべ》

「サラド」は「サラダ」のことで、場面は夕方の酒場のようなところであろう。サラドは当時わが国にやって来た新しい文化の香りする簡便な食べ物で、まだ家庭料理には普及していなかったに違いない。一日の勤務を終わって酒場に寄り、しゃれてサラドなんかを注文してみたりする。ドレッシングの酢の匂いがこころに沁みて、それもなにかもの悲しいのである。「ひとしきり静かになれる／ゆふぐれの／厨にのこるハムのにほひかな」などという歌もある。啄木歌の一種のモダニズムで、近代都市東京の一断面が歌われている。

『一握の砂』

やや長きキスを交《かは》して別れ来《き》し
深夜の街の
遠き火事かな

これもキスの歌で、回想というより現在の匂いがするからそこらで遊んでの帰り道だろう。長いキスでもなく短いそれでもなく「やや長き」というところがどこかしら人を食っている。こういう初句の入り方はまことにユニークである。

そうして帰ってきたら、遠くの方が火事であった。燃え上がる炎が遠くに見える。ふと立ち止まってちょっと眺め、また歩きだす。都会生活の分断された人間の孤独をつよく感じさせ、現代の短歌の中にまぎれていても何の違和感もないであろう。この歌も「かな」止めである。

『一握の砂』

朝朝《あさあさ》の
うがひの料《しろ》の水薬《すゐやく》の
罎がつめたき秋となりにけり

「料」は、たね、もととなるべきものの意味で、つまりうがい薬である。啄木は毎朝起きて洗面し、歯を磨き、それからうがい薬を用いる習慣であった。そのうがい薬のガラス罎が、今朝はそこはかとなく冷たく感じられ、気がつけばいかにも秋はそこまで来ているのであった。ごく感覚的な歌であるが、これも啄木歌の一側面である。水薬のガラス罎などというものに秋のおとずれを感じとる感覚が、実に繊細だ。結句は「秋となりけり」と定形に収めることもできようが、あえて「に」を挟んで「秋となりにけり」と破調にしてある。

『一握の砂』

京橋の滝山町《たきやまちやう》の
新聞社
灯《ひ》ともる頃のいそがしさかな

啄木にしてはめずらしく健康的肯定的感情に終始する歌で、その意味で啄木らしからぬ歌である。東京朝日新聞社は当時京橋区滝山町にあった。夕方になり明日の新聞の制作で、社内鉄火場のような忙しさである。その中の一人として啄木も目を血走らせて働いている。「こころよく／我にはたらく仕事あれ」の歌を重ねれば、啄木にとって少なくともこういう一瞬、東京の新聞社での仕事は張り合いのあるものであった。

地名を二つ並べて「新聞社」と三句で切る。そこから「灯ともる頃」と情感こめて展開してゆくテンポがよい。

『一握の砂』

よく怒《いか》る人にてありしわが父の
日ごろ怒《いか》らず
怒《いか》れと思ふ

啄木の父一禎《いってい》という人は、渋民村宝徳寺の住職であったが、啄木が十九歳のとき宗費滞納の故をもって罷免された。その後いろいろ復帰運動をするが結局うまく行かず、以後の生涯を無職無収入で終わる。家の中がにっちもさっちもいかなくなるとたびたび家出した。啄木の刹那的、突発的な行動は、たぶんにこの父の血を引いているように思われる。

その父がむかしあんなに怒りっぽい人だったのに、近ごろは老いてすっかり怒る元気をなくした。父よ、もっと怒れと歌う。父に託してわが身を鼓舞している。

『一握の砂』

たひらなる海につかれて
そむけたる
目をかきみだす赤き帯《おび》かな

東京にも海はあるが、東京の海の感じはしない。やはり北海道時代の記憶であろう。静かな海を見ることに疲れてふと目を逸らしたら、赤い女の帯があった。具体的な場面が設定されておらず、抽象的で、深層心理を汲み出したようで、われわれが読み慣れてきた啄木の歌にしてはめずらしい。

海の青にも疲れ、目をそむけたら、そばにいる女の帯の赤にもかきみだされる。どこを見ればいいのだろう。この世に居場所がないように感じられる。こう歌う啄木のこころは、あきらかに弱っている。

『一握の砂』

ふと見れば
とある林の停車場の時計とまれり
雨の夜《よ》の汽車

この歌も行きどころのなさということをつよく感じさせる。ここから先、どこへ行けばいいか。それを端的に停車場の時計を用いて伝えてよこす。

汽車そのものが動かなくなるより、停車場の時計がとんちんかんな時刻を示しながら止まっている方がある意味で所在がない。まして雨の夜である。啄木は傘も持っていなかったのかも知れない。むろん一人。

林の中の停車場だから東京近郊ではない。やはり東北か北海道での旅の記憶だろう。それをいま現在のように歌って、悲しい旅愁を手元に引き寄せている。

『一握の砂』

夜おそく停車場に入《い》り
立ち坐《すわ》り
やがて出《い》でゆきぬ帽《ぼう》なき男

汽車や停車場は啄木歌の重要なモチーフだ。これもそういう一首で、こちらは東京近郊の駅の感じがする。待合室にいると男が一人入ってきて、立ったり坐ったりしていたがやがて出ていってしまった。男は帽子を被っていなかった、という歌。

帽子はその人間の帰属を表す記号でもある。停車場に来るようなとき、たいていの男は帽子を被っている。この男はその帽子がなかった。帰属するものがない感じがして、それが目に止まった。ああここにもおれに似た男がいると啄木は思ったことであろう。

『一握の砂』

若《も》しあらば煙草恵《めぐ》めと
寄りて来る
あとなし人《びと》と深夜に語る

「あとなし人」の「あと」は跡であって、つまり家の跡目、繋がりがない人。今日でいう浮浪の人である。深夜の都会を歩いてきたら一人のそういう人物が寄ってきて、煙草もっているか、もし持っていたら一本恵んでくれ、と声を掛けられた。啄木はふところから「敷島」を出して一本与えたのであろう。それから一言二言言葉を交わした。都会に孤立する者同士が、一本の煙草によって、つかのまさびしく心を寄せ合う様子が浮かび上がる。この歌は初句が巧みで、以後の展開にずばり切り込むところ、ごく簡潔でよい。啄木の歌にはややこしい表現がない。

『一握の砂』

曠野《あらの》より帰るごとくに
帰り来《き》ぬ
東京の夜《よ》をひとりあゆみて

端的な比喩通り、細部まで荒涼とした都市生活者の孤独が感じられる。帰るはむろん家に帰るのであるが、その家も「曠野」の延長線上にある。家もまた、いや、一層に「曠野」なのである。住宅事情は変わっても、同じような思いをわれわれ現代人も時に味わう。「ひとりあゆみて」の「ひとり」がいかにも一人で、かりそめの措辞でない。

少し前には「気弱なる斥候のごとく／おそれつつ／深夜の街を一人散歩す」という歌もある。同工異曲、啄木の心理に近代の夜の都会はよく呼応するものであった。

『一握の砂』

十月の産病院《さんびやうゐん》の
しめりたる
長き廊下のゆきかへりかな

妻節子は明治四十三年十月四日長男真一を産んだ。この歌はその直前の様子で、産科病院に入院している妻のところにきた折のもの。もちろん木造の建物だろうから、病院全体が湿っているように感じられる。その廊下はいかにも長い。行きつ戻りつしながら、出産のそのときを待っている。男はこういうときなにをするわけでもなく、ただ待つしかない。子供に関する限り、啄木はそこらにいる普通の父親と変わらない。「しめりたる」が歌の要。「十月の朝の空気に／あたらしく／息吸ひそめし赤坊のあり」となって、無事に生まれた。

『一握の砂』

思《おもひ》出《で》のかのキスかとも
おどろきぬ
プラタスの葉の散りて触《ふ》れしを

プラタスはプラタナス。街路樹のプラタナスの枯れた大きな葉が、秋ふかくなってばさりばさりと散ってくる。その一枚が顔面に触れた。唇にも触れたのかも知れない。それで昔のなつかしい恋人との接吻を思い出した、という歌。思い出のキスの相手が誰だかはわからないが、妻の節子でないのはたしかである。

この歌は二行目の「おどろきぬ」が意表を衝く。顔に触れた落ち葉におどろいて、むかしのキスに連想が行く。こういう感覚は啄木ならではのもので、連想への飛躍がきわめて瞬間的である。「おどろきぬ」におどろく。

『一握の砂』

マチ擦《す》れば
二尺ばかりの明るさの
中をよぎれる白き蛾のあり

マチはマッチ。なんの為にマッチを擦ったかわからないが、たわむれに一本のマッチを擦ることはありそうになく、やはり煙草を吸うために擦ったのである。そうしたら一瞬ぽおっとあたりが明るくなり、その二尺ばかりの明るさの中を一匹の白い蛾が過《よぎ》っていった。

寺山修司は『一握の砂』を精読して歌の原型をそこに見いだしているが、かの「マッチ擦るつかのま海に霧ふかし身捨つるほどの祖国はありや」などは啄木のこの歌が祖型になっているだろう。擦ったマッチのかぼそい光のなかに何かが浮かぶモチーフは同じものである。

『一握の砂』

夜おそく
つとめ先より帰り来て
今死にしてふ児《こ》をかき抱《いだ》く

その赤ん坊、長男真一は生後二十四日であっけなく死んでしまう。啄木の落胆いかばかりか。啄木は女きょうだいの中の男の子一人であり、先に生まれた子も女だったから男の子ははじめてなのであった。最終稿まで進んでいた『一握の砂』に真一の挽歌八首を追加し、五百五十一首よりなる『一握の砂』はここに完成する。

「生くること僅か二十四日にして同月二十七日夜十二時過ぐること数分にして死す。恰も予夜勤に当り、帰り来れば今まさに絶息したるのみの所なりき」と日記に記す。「体温暁に残れり」とも。

『一握の砂』

おそ秋の空気を
三尺四方ばかり
吸ひてわが児《こ》の死にゆきしかな

三尺四方であるから一立方米ばかりであろう。気体の計測量として最小単位の量である。たったそれだけのこの世の空気を吸っただけで、わが子は死んでしまった。実際かどうか置くとして、この数字が物語るものはいかにもあわれであろう。物質化された空気がどんな感情よりも生のはかなさを喚起してくる。啄木の歌にはしばしば数字が出てくるがその数字の使い方がとてもうまい。歌にする対象の、その計測感覚が確かなのである。「二三こゑ／いまはのきはに微かにも泣きしといふに／なみだ誘はる」。この歌も初句が一首のサワリである。

『一握の砂』

底知れぬ謎にむかひてあるごとし
死児《しじ》のひたひに
またも手をやる

体温のぬくもりの残るその額に何度も何度も手をおいてみる。なにをどうすればいいか、どうこの現実を受け止めて行くべきか、赤子が、生まれて、死ぬということはどういうことなのか、一切は「底知れぬ謎」である。この独特の発想がいかにも啄木らしい。わが子を失った世の父母が誰しもこのような感慨に捕らわれるわけではあるまい。人間の生死の永遠の神秘性ともいうべきものに、啄木の思考は食い入ってゆくのである。「真白なる大根の根の肥ゆる頃／うまれて／やがて死にし児のあり」。生と死をあざやかに対比させている。

『一握の砂』

呼吸《いき》すれば、
胸の中《うち》にて鳴る音あり。
凩《こがらし》よりもさびしきその音！

生前に出た啄木の歌集は『一握の砂』一冊のみである。啄木は明治四十五年四月十三日、貧窮の中に死ぬ。第二歌集『悲しき玩具』は、没後の六月二十日に出た。友人土岐哀果の奔走により版元東雲堂書店と第二歌集出版の契約成って原稿料二十円を得たのは死の四日前である。

その巻頭歌。『悲しき玩具』は明治四十四年の八月までに作った歌をほぼ作成順に並べてあるが、この一首と次の歌だけはその年の秋から冬にかけての歌らしい。胸の中で鳴る音は肺結核のラッセル音であろう。その音はどんな凩よりもさびしい。啄木が歌った最後の一首と思っていい。

『悲しき玩具』

咽喉《のど》がかわき、
まだ起きてゐる果物屋を探しに行きぬ。
秋の夜ふけに。

『一握の砂』と『悲しき玩具』の違いはいくつかある。三行書きはかわらないが、表記の上からはこの歌のように句読点を用いるようになる。また感嘆符「！」疑問符「？」もしきりに用いられる。行頭の一字下げも試みられる。要するに歌が表記上散文的になるのである。

明治四十四年一月号の「秀才文壇」によせた歌。とすれば、秋は明治四十三年の秋である。まだ病状はそれほど切迫していない。ふと喉の渇きを覚えて果物を求めに行った。「まだ起きてゐる果物屋」が平明。今日でも果物屋はなぜかしら遅くまで営業している店が多い。

『悲しき玩具』

旅を思ふ夫《をつと》の心！
叱り、泣く、妻子《つまこ》の心！
朝の食卓！

朝っぱらすでに父親は旅する夢想のこころがむくむくと湧いている。母親は子供を叱り、子供は泣く。三人の親子がてんでんばらばらに違う方向を向いて、ひとつの食卓を囲む。実に殺伐たる光景である。これが啄木の置かれた嘘いつわりない家庭の現状であった。夫も妻も、三歳の子供でさえも、ここでない別のところで、別の生活をしたいのだ。しかしその方法はない。夜の食卓であるならまだしも、これから一日がはじまる朝の食卓であるところが救いがない。『悲しき玩具』で三行ともに行尾に「！」が付くのはこの歌だけである。

『悲しき玩具』

家を出《で》て五町《ちやう》ばかりは
用のある人のごとくに
歩いてみたれど——

前首に続く歌。家を飛び出して、さも所用あるかのように五町ばかりは歩いてみたけれど、どこに行くあてのあるでなかった。そのどんづまりの心の風景を無造作に切り取って差し出している。啄木を最大に苦しめたのは実にその家庭である。貧乏で、みな病気で、嫁姑の確執もあり、耐え切れず父は家出し、妻も子供を連れて実家に帰ったりした。なにより中心であるべき啄木が不如意の文学の人であり、つまりは夢想する人で、実生活についてはまったく頼りにならなかった。やりきれない思いのする歌である。

『悲しき玩具』

途中にて乗換《のりかへ》の電車なくなりしに
泣かうかと思ひき。
雨も降りてゐき。

東京朝日新聞社の夜勤帰りの場面だろう。当時の都電は何時まで走っていたのかは分からないが、歌から漂う気分は深夜、午前零時を過ぎているようにも思われる。

乗り換えようと思ったら、乗り換えの終電車はすでに出ていた。雨の夜、歩いて帰らなくてはならない。あるいは傘も持っていなかったのだろう。

『一握の砂』で啄木は何度も泣いてみせた。それはロマンチックで甘くて、囁くような涙であった。ここでも啄木は泣こうとするが、涙の質がまったく違う。あくまで実生活における、現実の涙である。


『悲しき玩具』

すつきりと酔《ゑ》ひのさめたる心地よさよ！
夜中に起きて、
墨を磨《す》るかな。

これはまぎれなく気持ちのいい歌で、心身ともに健康健全なひとときを思わせる。『悲しき玩具』の中で、こういうさわやかな歌はごく稀である。泥酔して倒れるように寝所に入ったが、真夜中に実にすっきりと目覚めた。よし、誰彼に手紙でも書こうかという気持ちになって、墨を磨り出す。すがすがしい墨の匂いが貧しい夜の家のなかに広がって、ひとしきりなにもかにもが清らかになる。啄木はいい字を書いた。ペン字もいいが、墨書した書簡の文字が、二十歳ばかりの若者の手になるとは到底思えないほどの風格と力強さに満ちている。

『悲しき玩具』

なつかしき
故郷《ふるさと》にかへる思ひあり、
久し振りにて汽車に乗りしに。

『悲しき玩具』の歌は、『一握の砂』と違って、およそ抒情性が影をひそめる。望郷の歌、北海道の思い出を歌う歌はもはや見られない。実生活の出口のない苛酷さがひたひたと迫り、その現実的対応が辛うじて三十一文字のかたちをなして刻まれる。その中でこの一首などは例外的に『一握の砂』の歌境に通ずる。どこに行くつもりであったか、ひさしぶりで汽車に乗ったら、故郷に帰る思いがした。いかにも汽車好きの啄木のなつかしむような顔がうかぶ。明治四十一年四月に北海道から海路上京して以来、啄木は死ぬまで一度も帰郷しなかった。

『悲しき玩具』

何《なん》となく、
今年はよい事あるごとし。
元日の朝晴れて風無《な》し。

初出は「創作」の明治四十四年の一月号で、ということは年内に作った歌で、実際に明治四十四年の元日が「晴れて風無し」であったかどうかは知らない。一首の儀礼歌、新年の挨拶の歌である。ずっと苦しい日々が、辛い年々が続いた。今年こそは、という願いが籠もる。平凡と言えばまさに平凡だが、ふしぎに愛唱性あって、覚えやすい。わたしは、毎年お正月になるとふっと啄木のこの歌が思い出される。「何となく」が生きている。「よき事」でなく「よい事」。文語と口語をミックスして共存させる。こういうことも啄木が元祖である。

『悲しき玩具』

人がみな
同じ方角に向いて行《ゆ》く。
それを横より見てゐる心。

都市生活者の群集心理を思わせる。みなそれぞれに違う思いを抱きながら、結局同じ方向を向いて突っ走っている。日本社会の当時の現状ともいえるだろう。それを横目に見ながら、じぶんは入ってゆくことができない。啄木の孤独がごく素直な表現の中に刻まれており、秀作ではないが、一読忘れ難い。

こういう位置にいつか啄木はみずから押し出されるようになってきた。明治四十三年五月には大逆事件がおこりつよい衝撃を受ける。社会全体が同じ方向を向くことへの批判と危惧。この孤独には実質があるのである。

『悲しき玩具』

ぢつとして、
蜜柑《みかん》のつゆに染まりたる爪を見つむる
心もとなさ！

「東京朝日新聞」明治四十四年一月八日号に載った。お正月の祝い歌がおそらく並ぶ中でひときわ異質である。めでたいはずのお正月が来るには来たが、じぶんのこころはそこにはない。蜜柑のつゆに染まって、黄色くなった爪をじっと見ている。見るのみであるという歌。

三行目の「心もとなさ」がちょっと分かりにくい。どうしてよいか分からぬ、やりどないひとときの感情をこう揃ってみせたというところだろう。はかない、悲しい歌である。蜜柑のつゆに染まった爪、というところが細かいところをよく見ていて、情景が目に浮かぶ。

『悲しき玩具』

石狩の空《そら》知《ち》郡《ごほり》の
牧場のお嫁さんより送り来《き》し
バタかな。

下句が破調で読みにくく、歌尾の「かな」が取ってつけたようで、なめらかな「歌」ではないが、『悲しき玩具』の歌はときおりこういうふうにみずから解体してゆくような光景を見せる。初出は「創作」の二月号で、このときは「石狩の空知郡の牧場のお嫁さんより送り来しバタ」とちゃんと定形になっていた。
このお嫁さんは、後に札幌郊外の牧場主に嫁いだ函館弥生小学校代用教員時代の同僚橘智恵子である。かつての思い人をことさら「お嫁さん」と呼んで、ふっ切れた明るい感じがする。その贈り物に素直によろこぶ啄木。

『悲しき玩具』

珍らしく、今日《けふ》は、
議会を罵《ののし》りつつ涙出《い》でたり。
うれしと思ふ。

テレビ、ラジオのある時代ではないから新聞を読んでのことだろう。議会のやりとりを新聞で見て憤りを覚えるのは常のことであるが、今日はとりわけ悔し涙のこぼれるほどにも激高した。それが、じぶんにとって嬉しい。まだこんなにも憤りを覚える力がわが身に残されている。生きる力の充実を思って、それがうれしいのである。

啄木は時の政治に大いに敏感であった。当時の総理大臣は桂太郎。「やとばかり／桂首相に手とられし夢みて覚めぬ／秋の夜の二時」という歌が『一握の砂』にある。議会は一方的に政府に押し切られたらしい。

『悲しき玩具』

ひと晩に咲かせてみむと、
梅の鉢を火に焙《あぶ》りしが、
咲かざりしかな。

梅の鉢を火にあぶったとて花が咲くわけではないことは子供でも知っているから、啄木がそんなことをする道理はなく、この歌はフィクションでありつまりは嘘の歌である。

しかし、この嘘は妙に切実だ。その性急な生き方、残された時間、文学と生活と、もはや待っていられないさまざまな焦りがこんな戯画のような嘘を啄木につかせた。嘘でありながら、そう思えば素直に悲しい。三行目の「咲かざりしかな」に、ずっしりこの世の現実というものが、つまり夢と夢からの覚醒とが備わっている。

『悲しき玩具』

古新聞《ふるしんぶん》！
おやここにおれの歌の事を賞《ほ》めて書いてあり
二三行なれど。

古い新聞を捨てようとしてふと手にとれば、自分の歌のことをほめて書いてある。わずか二三行だけど。こういうときは嬉しいものだ。啄木でなくても、いや啄木なればこそ。じいっと見入って、その二三行を繰り返し読み、ひととき心は晴れたのである。

この歌は歌稿ノートには「二三行なれど、／自分の歌の事を賞めて書いてある、／古新聞かな」と出ており、後に推敲したことがわかる。改作の方が格段にインパクトある。「古新聞！」の出だしが直接的だ。一人称を「おれ」にしたこともザラリとした感触が伝わる。

『悲しき玩具』

引《ひっ》越《こ》しの朝の足もとに落ちてゐぬ、
女の写真！
忘れゐし写真！

啄木は明治四十二年の六月から家族とともに本郷弓町の床屋の二階に住んだ。二年ばかりも住み、さまざまなことがあり、明治四十四年の八月、友人の世話で小石川区久堅町の一軒家に転居し、ここが終の棲み家となった。歌の引越しは、この最後の引越しの場面だろう。

荷物の中からこぼれて、女の写真が出てきた。足元に落ちていた。あわてて仕舞う。妻に見られてはいけない。誰の写真だったかは不明だが、啄木の生涯を一瞥すれば写真をくれるような女性はいくらもいる。「！」を二か所に配し、荒涼たるこころの風景を刻み込む。

『悲しき玩具』

この四五年《しごねん》
空を仰ぐといふことが一度もなかりき。
かうもなるものか？

この歌のとき啄木は二十五歳である。その四五年前は北海道時代、そのころから空を仰ぐということを忘れて、現実の地べたばかり這いずりまわって生きてきた。そういう変化におどろく。かつての啄木はしきりに空を仰いではは青春の夢に耽ったものであった。「不来方《こずかた》のお城のあとの草に臥《ね》て／空に吸はれし／十五のこころ」。「かうもなるものか？」が何といってもインパクトある。ここには歌らしい詠嘆はどこにもない。散文的にごくそっけなく放り出したような口調である。それが読者のこころに食い入る。『悲しき玩具』屈指の一首である。

『悲しき玩具』

あの頃はよく嘘を言ひき。
平気にてよく嘘を言ひき。
汗が出《い》づるかな。

啄木の生涯はわずか二十六年だから「あの頃」と言っても何十年の昔でない。ほんの数年昔だろう。それでも二十六年の短い時間を疾駆した啄木にとっては、その覚醒はいかにも遠い「あの頃」なのであった。

あのころはしきりに嘘をついた。平気で嘘をついた。思い返せば冷や汗が出る。そういうごく正直な歌。一行目と二行目をリフレイン気味に併置して、三行目でさっと転回してみせるのは、啄木歌によく見る技法である。つくづく嘘をつくのは止めようと思って、残された時間はわずか一年余。投げ出したような結句がつよい。

『悲しき玩具』

ドア推《お》してひと足出れば、
病人の目にはてもなき
長廊《ながらう》下《か》かな。

啄木は明治四十四年の二月四日、慢性腹膜炎と診断され都内青山内科に入院した。退院は三月十五日だから、四十日ばかりも入院生活を送ったことになる。啄木にとってはじめてにして最後の入院生活であった。「つくづく病気がいやになつて、窓をこはして逃げ出さうかとまで思つた」と三月五日の日記に記す。
病院というものが患者にどういうふうに映るか、それをよく伝える一首である。はてもないように思われるまで廊下が長い。ひとつひとつのドアの内に病者が苦しんで潜んでいる。しんと物音もせぬ深夜の病棟であろう。

『悲しき玩具』

晴れし日のかなしみの一つ！
病室の窓にもたれて
煙草を味《あぢは》ふ。

昔の人は男はたいてい煙草を吸ったが、啄木もむろん大いなる愛煙家であった。入院しても煙草を吸う。当時の病院は別に禁煙ではなかった。「隣りの寝台の男が、煙草の煙で咳が出ると看護婦に言ひ出した。予はかくて室内に於て禁煙せねばならなかつた。夕方にはこらへきれなくなつて廊下に出て一本のんだ」。これは二月十日の日記である。

冬の空はよく晴れて、飛ぶ鳥影さえくっきりと見える。閉ざされた病人は、病室の窓辺にもたれて空しく一本の煙草を吸う。この煙草の味、いかばかり。

『悲しき玩具』

何《なに》となく自分をえらい人のやうに
思ひてゐたりき。
子供なりしかな。

これも入院生活で作った一首である。「あの頃はよく嘘を言ひき」の歌に似ている。日常語で終始してきわめてわかりやすい。「えらい人のやうに」とはこれ以上ない平明な率直さで、なんの嘘いつわりもなく、ただただ正直な感慨をもらす。そういう自分を一口で言えば「子供なりしかな」であった。ただただ子供であったのだ。

三句四句結句とみな字余りで五、七、六、八、八の歌。定形からどんどん逸脱してゆく。『一握の砂』にはこういう破調はなかった。『悲しき玩具』の違うところはこのように歌がいわば解体してゆくところにある。

『悲しき玩具』

思ふこと盗みきかるる如《ごと》くにて、
つと胸を引きぬ——
聴診器より。

これも入院生活の一齣《こま》。毎日の回診で医師から聴診器を胸に当てられる。そのとき、胸のうち、心のうちをふと聴かれてしまうかとも思えて、思わず胸を聴診器から引いてしまったという歌で、こういう患者もまず啄木ならではだろう。

この啄木の動作には、深刻さというよりどこかしらユウモラスなところがある。自意識過剰で、反応が演技的である。「盗みきかるる」とはよくも言ったりという感じがし、また結句の「聴診器より」もここではじめて状況がはっきりわかる組み立てで、言葉に無駄がない。

『悲しき玩具』

氷嚢《ひようなう》の下より
まなこを光らせて、
寝られぬ夜は人をにくめる。

「精神修養」という雑誌の四月号に発表したもの。ここから単なる三行書きだけでなく、行頭の一字下げ表記がはじまり、三行のあたまにいわば凸凹が生じて『悲しき玩具』は推移してゆく。
この歌も入院生活の様子だが、眠れない夜に「人をにくめる」というのがはっとさせる。病者の嘘いつわりないこころの様子が実にするどく突き出されている。むろんにくむのは、健康な人々を、健康であるというその一事によってにくむのである。「まなこを光らせて」が、にくむことへの伏線になっている。

『悲しき玩具』

春の雪みだれて降るを
熱のある目に
かなしくも眺め入りたる。

「氷嚢の下」の次にある歌。ぎらぎらした孤独な目に人をにくむのも啄木なら、この歌のように一転して、身辺をかなしくやさしく歌うのも啄木である。啄木というより、人はみなそうしたものだろう。さまざまな感情、さまざまな思いを胸に抱いて人はその時その時を生きてゆく。

入院生活中も啄木の発熱は下がらなかった。日記には体温の記録が点々と。熱のある目でみる病室の窓の外には、かなしくも、うつくしい春の雪が舞う。一字下げに加えて、四句が「目に／かなしくも」と句割れして改行してあるので、短歌というより三行詩のように見える。

『悲しき玩具』

いま、夢に閑古鳥《かんこどり》を聞けり。
閑古鳥《かんこどり》を忘れざりしが
かなしくあるかな。

閑古鳥はカッコーのことで、夢の中でカッコーの声を聞いたというのである。そのカッコーは故郷渋民村で夏ともなればよく鳴いていた。久しぶりに望郷の念が湧いて、閑古鳥の歌四首を作る。忘れていた『一握の砂』の望郷歌がここに蘇った感じがして、『悲しき玩具』の中では異色である。「ふるさとを出でて五年、／病をえて、／かの閑古鳥を夢にきけるかな。」「ふるさとの寺の畔の／ひばの木の／いただきに来て啼きし閑古鳥！」

いまだその声を忘れていないことが、かなしい。この心の動きにはふかく、かなしい屈折がある。

『悲しき玩具』

ボロオヂンといふ露西亜名《ろしあな》が、
何故《なぜ》ともなく、
幾度も思ひ出《だ》さるる日なり。

ボロオヂンはロシアの無政府主義者クロポトキンが潜行中に名乗った名前である。啄木は入院中に友人土岐哀果からクロポトキンの自伝を借りて、これを愛読した。強い共感を覚えて、退院後も繰り返しその本のことを思っている。日に幾度もそのボロオヂンという名前が脳裏を過るのであった。

啄木は四十三年六月に摘発された幸徳秋水らの大逆事件につよい衝撃を受けた。翌四十四年一月に判決が出て十二名に死刑が執行される。そういう騒然たる社会状況の中で、ひとり啄木は病に臥す。

『悲しき玩具』

病みて四月《よつき》——
その間《ま》にも、猶《なほ》、目に見えて、
わが子の背丈のびしかなしみ。

「文章世界」という雑誌の七月号に寄せた「五歳の子」と題する一連十首の中から。五歳の子は長女の京子である。父親は病気になっても子供はすくすく成長する。この四ケ月のあいだにも確実に背丈は伸びた。それをよろこぶとともに、またふかいかなしみに捕らわれる心境を歌って哀感まぎれない。展望のない病に捕らえられた人だけがもつ哀感である。子供さえもがどんどん手のとどかないようなところへ行ってしまう気がしてならないのである。「目に見えて」の一句がよく効いていて、印象ぶかい歌になっている。

『悲しき玩具』

いつも、子を
うるさきものに思ひゐし間《あひだ》に、
その子、五歳《いつつ》になれり。

同じ一連から。長女京子が誕生したのは明治三十九年十二月のことだから、五歳は数えで、満年齢にすればこの歌のころは四歳半くらいであろう。可愛い盛りである。子供なんてうるさいくらいにしか日頃は思わなかったのにいつの間にかこういう年になった。あらためて思い直せば感慨ふかいものがある。

一行目で「いつも、子を」といい、三行目でふたたび「その子」と繰り返す。普通はこうしたことは短歌ではまずいとされるものだが、この歌では自然に感じられる。いつの間にかその子はもう五歳になっていたのである！

『悲しき玩具』

時として、
あらん限りの声を出し、
唱歌をうたふ子をほめてみる。

同じ一連から。五歳の子供があるときにあらん限りの声を出して唱歌を歌う。その歌声やよし、思わずほめてしまった。ここでは啄木はごく健全な世の普通の父親である。それがめずらしくて、また切ない。病のことも、生活の苦しさも、家庭の不和もみな忘れてしまう幸福なひとときであった。子供の力はまことに偉大である。

「何思ひけむ――／玩具を捨てて、おとなしく、わが側に来て子の坐りたる。」「お菓子貰ふ時も忘れて、／二階より／町の往来を眺むる子かな。」という歌もある。五歳の子供の印象的なたたずまいがよく描かれている。

『悲しき玩具』

ある日、ふと、やまひを忘れ、
牛の啼《な》く真似をしてみぬ——
妻子《つまこ》の留守に。

啄木は歌誌「詩歌」の四十四年九月号に「猫を飼はば」というタイトルで十七首を発表するが、これが生前活字になった最後の歌となった。亡くなるのは四十五年の四月十三日だから、最後は半年以上も歌も作らず文章も書くことはなかった。肺結核になって伏すばかりであった。

啄木歌には点々と悲しきユウモアとでもいうべき歌がある。ふと笑いの兆す歌がある。この歌は代表的なそれで、すでに死を親しいものにした重篤な病人が牛の啼き真似をするというところに切ないおかしみがある。家の中に誰もいないことを確かめて。

『悲しき玩具』

庭のそとを白き犬ゆけり。
ふりむきて、
犬を飼はむと妻にはかれる。

前出「猫を飼はば」の一連の最後の歌で、『悲しき玩具』の巻末の歌である。ある晴れた一日、家の庭を一匹の白い犬が過ぎて行った。そうだ、犬でも飼おう、きっといいことがあるかも知れないと、「ふりむきて」妻に聞いてみたが、答えはどうだったか歌からはわからない。しかし、むろん、そうね、飼いましょうとは言われなかったのである。すべては一瞬に来り去る悲しい夢である。ふくふくした立派な白い犬が、啄木短歌の見た最後の希望の象徴であった。「ふりむきて」という動作がこの最後の夢をよく引き締めている。二十五歳の啄木が、そこに立っている。

『悲しき玩具』

解説　「歌」の原郷

小池　光

石川啄木は、明治十九年二月二十日、岩手県南岩手郡日戸村に生まれた。父一禎は僧職、母かつも僧職につながる家の出で、つまり啄木は寺の子である。

十歳ばかりも年の離れた姉が二人いる。後に二歳下の妹が生まれる。四人きょうだいの長男で、男の子は啄木ばかりであった。本名は一《はじめ》。「一」の字は父親の名から受けたものであろうし、また長男を意味してもいるだろう。啄木が生まれたとき父親は三十七歳、母親は四十歳になっており、遅くなってから得た子供である上、はじめての男の子だったので、両親からそれはそれは溺愛されて育った。

父の一禎という人は短歌というか和歌をたしなむ人でもあり、啄木の短歌との機縁は父親の影響があるのかも知れない。

啄木が生まれた翌年、父は隣村の北岩手郡渋民村宝徳寺の住職となり、一家は渋民村に転居した。現在渋民村は盛岡市に編入されている。

明治二十四年の春に五歳で渋民尋常小学校に入学する。四年間ここで学び、盛岡高等小学校に進む。家を出て、盛岡に住む母方の伯父の家に下宿して通った。ここに三年間学び、明治三十一年四月、十二歳のとき盛岡尋常中学校を受験、合格して入学した。入学試験の結果は百二十八名の合格者のうち十番だったというから、優秀な、できの良い生徒であった。少年時代の写真を見ると、小柄であるがいかにも才気ある表情をして、瞳かがやき、両親の溺愛もむべなるかなという顔付きをしている。

中学時代の啄木は、金田一京助ら上級生の影響を受けて次第に文学のとりことなり、回覧雑誌を出したりして、しきりに「明星」調の短歌を作った。

紅ふくむみ袖やおもきらふたげのたけのくろ髪おばしまの君
今日の秋かぜよあめよの野の中にすくせやなにぞ一本女郎花

というのが当時の作、啄木が最初に作った歌々で、語彙も語の斡旋も修辞も一読明星調で、いま読むと歌意さえも判然としない、ごくクラシカルなものであった。「明星」をはじめて友人に借りて読んだのが中学二年、十四歳のときである。間もなく東京新詩社の社

友となり、しきりに投稿し、明治三十五年十月号の「明星」にはじめて一首が掲載されるに至る。この時の歌は、

血に染めし歌をわが世のなごりにてさすらひここに野にさけぶ秋

というもので、「白蘋《はくひん》」と号している。このペンネームの由来を知らないが、「蘋」の字を辞書にあたると水草の名とあるから、白いその水草の花の意味であろうか。

文学に熱中して学業はしだいに疎かになった。中学四年のとき、一学期の期末試験の数学の答案にカンニングをし、処分されるという不祥事を起こす。落第必至となって、啄木はさっさと学業に見切りをつけ、退学届を出して自ら中学校を飛び出してしまう。卒業まででわずか一年という時期に、中学を出て高等学校へ進学し、世のエリートコースを歩むという道を自ら放棄してしまった。

中退後ただちに上京して新詩社の会合に出る。翌日与謝野家を訪ね、鉄幹、晶子に会う。そのとき十六歳の少年であった。「率直で快活で、上品で、敏慧で、明るい所のある気質と共に、豊麗な額、莞爾として光る優しい眼、少し気を負うて揚げた左の肩、全体に颯爽とした風采の少年であつた。」と後に鉄幹はその初対面の印象を記している。

この最初の上京は結局望むところを得られないものであったが、文学への熱心はいよい

よ深まり、翌年には新詩社の同人に推挙され、「明星」に長詩を発表したりするようになった。啄木の号をはじめて用いたのもこのときからである。「帝国文学」「太陽」などの文芸雑誌にも詩を発表し、新進詩人として注目される。歌人啄木の前に詩人啄木がいる。これらの詩作は詩集『あこがれ』となって、十九歳のとき、明治三十八年五月、上梓され、その評判も悪いものではなかった。

しかし、この間、父一禎が本山に納めるべき宗費を滞納したという理由で突然宝徳寺の住職を罷免されるという事件がおこり、啄木一家は路頭に迷うことになった。東京での夢多き文学生活などと言っておれない。二十歳の啄木は志を遂げぬまま帰郷して、母校渋民尋常小学校の代用教員となった。月給八円。

教員をしながら処女小説「雲は天才である」「面影」「葬列」などを書く。また前年に十三歳のとき知り合った堀合節子と結婚して、長女京子が生まれ、二十歳にして父親となっている。啄木の生涯を特徴づけるのはなによりその早熟性であり、またテンポの速さである。

渋民村の代用教員生活はわずか一年で終わった。罷免という不名誉な処分を受けて、一家は同じ村内に生活することは苦痛だったであろう。一家離散し、啄木は結婚して北海道にいた姉をひとすじの糸として頼って、自身も妹光子を伴って北海道に渡る。明治四十年の五月のことである。妹を姉の家にやり、自身は函館の弥生尋常小学校の代用教員になった。ここで三ケ月ばかり勤めて辞め（啄木はとにかく同じところにじっとしておれない）、今度は函館日日新聞社の遊軍記者になった。ここを一ケ月で辞め、今度は札幌の北門新報の記者に、そこを二週間で辞め、小樽の小樽日報の記者に、そこに三ケ月ばかり勤めて、今度は遠く釧路に行き釧路新聞の記者になった。釧路時代も三ケ月に満たない。

通算してわずか十一ケ月の北海道時代で職場も五ケ所も変わり、めまぐるしいこと限りないが、北海道時代は啄木に深い記憶となって刻まれ、渋民村とならぶ郷愁地として『一握の砂』の重要な舞台となっている。

明治四十一年四月、文学への熱心止み難く、北海道の新聞記者生活に見切りをつけ、海路上京する。本郷菊坂の赤心館に下宿して小説を書きまくる。一ケ月で小説六篇、合計三百枚を書いて雑誌社に持ち込むが、啄木の予想、期待に反してまったく売れなかった。妻子を函館に残したままであり、収入のあてはなく、たちまち進退窮まった。のちに当時のことを回想してこう書く。

「やがて、一年間の苦しい努力の全く空しかつた事を認めねばならぬ日が来た。

自分で自分を自殺し得る男とはどうしても信じかね乍ら、若し万一死ぬ事が出来たなら…といふ様な事を考へて、あの森川町の下宿屋の一室で、友人の剃刀を持つて来て夜半潜かに幾度となく胸にあてて見た…やうな日が二月も三月も続いた。

さうしてゐる間に、一時脱れてゐた重い責任が、否応なしに再び私の肩に懸かつて来た。

色々の事件が相ついで起つた。

『遂にドン底に落ちた。』斯ういふ言葉を心の底から言はねばならぬやうな事になつた。と当時に、ふと、今迄笑つてゐたやうなすべての事柄が、すべて、急に笑ふことが出来なくなつたやうな気持になつた。」（「弓町より」。）

森川町の下宿とは本郷の菊坂の赤心館からこの年の六月に引っ越ししているからである。自殺か否かの瀬戸際まで追い詰められたというのもあながち誇張とはおもわれない。

一方、こういう中で歌心が忽然と湧くことがあった。六月二十三日から二十五日にかけて三日間で二百五十首ばかりも作る。『一握の砂』の「東海の小島の磯の」や「たはむれに母を背負ひて」の歌はこのときの産物である。それはかつての「明星」時代の短歌とは語彙も修辞や方法もおよそ隔たった、平明で実人生に密着したものであった。

翌年二月に東京朝日新聞社に校正係の職を得て、生活はいくらか安定をする。月給は二十五円。四月三日より六月十六日にかけて有名な「ローマ字日記」を書く。家の重圧からの脱走を都会の刹那的快楽に求めて、その心情と行動を赤裸々にローマ字で綴った日記で、啄木の作物の中でも特異な位置を占める。

六月に妻子と母が上京、本郷弓町の床屋の二階に移る。一挙に家族が増えて生活の貧窮さらにも進み、また妻と母との軋轢が絶えず、家庭はぎくしゃくとした、荒涼たるものであった。

こういう中で明治四十三年、二十四歳になった啄木ははじめての歌集を編むことを計画する。その歌集は『仕事の後』と題され二百五十九首より成るものであった。はじめ別の出版社から出る予定だったが、原稿料の折り合いがつかず、東雲堂書店がこれを引き受けることになり稿料二十円を得た。

推敲の過程で歌数は最初の計画から次第に増えて四百首ばかりになったが、まだすべてが従来の短歌通り一行組であった。そこから三、四十首ほどを削り、また未発表の七、八十首を加え、さらにその過程で生まれて死んだ長男の真一への挽歌八首を加えて、題名も『一握の砂』と改題して、われわれの知る不朽のこの歌集は成ったのである。

三行書きというアイデアはこのプロセスの中で忽然と出現をしたものらしい。短歌を一行や二行でなく三行で表記するというまさに革命的方法は、友人土岐哀果のローマ字歌集『NAKIWARAI』に先例があるが、ローマ字でなく日本語文字で短歌を三行に書くのは啄木のまさに発明であった。短歌を三行で書くことで、いかにも読みやすい、ドラマチックな印象を際立たせるものとなった。三行書きは啄木にはじまり、啄木に終わるので、啄木以降誰も三行書きを試みた歌人はいない。

明治四十四年は死の前年である。二月に慢性腹膜炎で大学病院青山内科に四十日ばかり入院する。退院しても病状は好転せず、次第に肺結核に進行し、衰弱を深めてゆく。九月、「猫を飼はば」の十七首を雑誌「詩歌」に発表し、これが最後の短歌となった。

明治四十五年四月十三日、午前九時三十分、小石川区久堅町の借家で永眠。母親は先月にやはり肺結核で死んでいる。枕元には妻節子と長女京子、家出先から駆けつけた父、そして若山牧水がいた。二十六年と二ケ月の生涯であった。

没後第二歌集の『悲しき玩具』が出る。このタイトルは「歌のいろいろ」というエッセイの最後の一行に「目を移して、死んだもののやうに畳の上に投げ出されてある人形を見た。歌は私の悲しい玩具である。」とあるところから、土岐哀果が命名した。『一握の砂』に同じ東雲堂との契約が成り、稿料二十円を得たのは死の四日前のことであった。

短歌は一千三百年のむかしから人はこの形式によって歌ってきたので、きわめて由緒正しいものである。短歌を志す者は否応なしにこの伝統の末端に身をひたすことになる。しかし、『一握の砂』以降の啄木はこういう伝統の末端という意識にまったく囚われなかった。「私は小説を書きたかつた。否、書くつもりであつた。又実際書いても見た。さうして遂に書けなかつた。其時、恰度夫婦喧嘩をして妻に敗けた夫が、理由もなく子供を叱ったり虐めたりするやうな一種の快感を、私は勝手気儘に短歌といふ一つの詩形を虐使する事に発見した」（「弓町より」）と正直に告白しているけれど、短歌とはそういう逆説的手段だったのである。歌人になど、なりたくなかったのである。しかし、その小説や評論は人のよく取り上げるものにはならなかったが、短歌ばかりは残って今日に愛唱される。これが逆説でなくてなんであろう。近代短歌の第一人者は誰がみても斎藤茂吉であろうけれど、茂吉の歌にはついになかったものを啄木の短歌は残した。さびしいとき、悲しいとき、都会の雑踏に迷うとき、ふとこの世に自分の居場所がないように感じられるとき、人は唇の上に歌を上らせてひとときわが身を慰める。『一握の砂』で『悲しき玩具』で、とりわけ前者において啄木の歌はまさにそのようなものであった。それは短歌という制限された文学の伝統的一形式でなく、むきだしの「歌」そのものといっていい。近代の無名無数の人々のこころに、そっとその失楽失意への共感と慰めをあたえる近代の「歌」を、その原郷として啄木は作ってみせたのである。

本書の短歌の引用は岩波文庫『啄木歌集』による。この本は総ルビだが、それでは煩瑣になるので読みにくいと思われるところにのみルビを付した。

著者略歴

小池　光（こいけ　ひかる）

一九四七年宮城県生まれ。一九七二年東北大学理学部大学院修了。学生時代より短歌をはじめ、歌集に『バルサの翼』（現代歌人協会賞）、『廃駅』、『日々の思い出』、『草の庭』（寺山修司短歌賞）、『静物』（芸術選奨文部科学大臣新人賞）、『滴滴集』（斎藤茂吉短歌文学賞）、『時のめぐりに』（迢空賞）、『山鳩集』（小野市詩歌文学賞）など。評論エッセイ集に『茂吉を読む——五十代五歌集』（前川佐美雄賞）、『うたの動物記』（日本エッセイスト・クラブ賞）など。平成二十五年度紫綬褒章受章。現在、読売新聞歌壇ほか選者。仙台文学館館長。

石川啄木の百首

Ishikawa Takuboku no Hyakusyu

著 者 小池 光 ©Koike Hikaru

二〇一五年一〇月二七日 初版発行
二〇二三年一二月二五日 三刷

発行人 山岡喜美子
発行所 ふらんす堂
〒一八二-〇〇〇二 東京都調布市仙川町一-一五-三八-二階
電 話 〇三（三三二六）九〇六一
F A X 〇三（三三二六）六九一九
U R L http://furansudo.com/
E-mail info@furansudo.com
振 替 〇〇一七〇-一-一八四一七三
装 幀 和兎
印刷所 三修紙工
製本所 三修紙工
定 価 本体一七〇〇円＋税

ISBN978-4-7814-0781-4 C0095 ¥1700E